John Keats
Auf eine griechische Urne

John Keats – 1795 in London als Sohn eines Mietdroschkenbesitzers geboren und 1821 in Rom an Tuberkulose gestorben – wurde nur 25 Jahre alt und ist doch eines der größten dichterischen Genies. Von der zeitgenössischen Kritik abgelehnt, zählen seine Oden, Sonette und Balladen heute zu den sprachlich intensivsten Werken der englischen Lyrik überhaupt.

Daß es John Keats im Lauf der Zeit gelang, seine romantischen Vorläufer und Gefährten – die Wordsworth, Coleridge, Byron und Shelley – hinter sich zu lassen, beruht vor allem auf dem ausgewogenen und geschlossenen Bau seiner Verse. Aber auch darauf, daß er Gedankliches, Abstraktes poetisch ›zu verkörpern‹ verstand. Seine Gedichte sind mit Anschauung vollkommen gesättigt. Zu der Klarheit und Plastizität des Ausdrucks tritt eine melodische Anmut hinzu, die jedes der dichten Gebilde zu mühelosem Schweben bringt.

Doch Keats war auch einer der ersten, denen die Poesie – in einem radikalen, modernen Sinn – ›fragwürdig‹ erschien: Wie kann man das ›Prinzip des Schönen‹ gegen das Leid der Welt setzen? In dieser Spannung steht die einzigartige Lyrik dieses großen Dichters.

Als Heinz Pionteks Übertragungen 1960 erstmals erschienen – sie werden hier in einer zweisprachigen Neuausgabe vorgelegt, die durch den Zuwachs an übersetzerischem Bewußtsein und Können aus über dreißig Jahren angereichert worden ist –, wurden sie schon von Kritikern und Lesern als außerordentliche Leistung begrüßt.

»Sparsam heißt es mit dem Wort ›kongenial‹ umzugehen. Hier, in den Pionteksschen Übertragungen, ist es am Platz«, lobten die ›Basler Nachrichten‹. »Die volle sinnliche Sprache des Dichters Keats, ihren inneren Rhythmus, hat Piontek auf kaum zu übertreffende Weise ins Deutsche verwandelt: treu dem inneren Gang und der Stimmung des Gedichts, aber selbständig genug, um Übertragungen zu geben, die sich als eigenständige deutsche Gedichte lesen lassen.«

Und Karl Krolow schrieb:

»Die auf wenige Jahre konzentrierte, in schwindelerregend kurzer Zeit zusammengeraffte dichterische Leidenschaft des frühverstorbenen Keats mußte im Deutschen – auf andere Weise, aber nicht minder intensiv – wiederkehren. Und an solcher Intensität mangelt es den Übertragungen Pionteks nicht: eine ungewöhnlich ›reine‹, klare und zugleich blühende Leistung.«

Heinz Piontek, geboren 1925 in Kreuzburg/Schlesien, hat als Lyriker und Erzähler die deutsche Literatur seit 1945 maßgeblich mitgeprägt. Seine Gedichte wurden in mehr als zwanzig Sprachen übersetzt. In den letzten Jahrzehnten wandte er sich erfolgreich dem Roman zu (*Münchner Trilogie*, *Goethe unterwegs in Schlesien*). Auch seine zweibändige Autobiographie (*Zeit meines Lebens* und *Stunde der Überlebenden*) wurde viel beachtet. Pionteks weitgefächertes Œuvre ist mit zahlreichen Preisen, darunter mit dem Georg-Büchner-Preis, ausgezeichnet, der Dichter vielfach mit Ehrungen bedacht worden.

JOHN KEATS
AUF EINE GRIECHISCHE URNE

GEDICHTE

ZWEISPRACHIG

DEUTSCH
VON
HEINZ PIONTEK

INSEL VERLAG

Neuausgabe (zweisprachig) 1996
Erstausgabe Insel Verlag Wiesbaden 1960

Satz und Druck:
MZ-Verlagsdruckerei GmbH, Memmingen
Printed in Germany

GEDICHTE

A thing of beauty is a joy for ever.
ENDYMION

Ein Werk der Schönheit ist ein Glück für immer.
ENDYMION

THIS LIVING HAND

This living hand, now warm and capable
Of earnest grasping, would, if it were cold
And in the icy silence of the tomb,
So haunt thy days and chill thy dreaming nights
That thou wouldst wish thine own heart dry of blood
So in my veins red life might stream again,
And thou be conscience-calm'd – see here it is –
I hold it towards you.

DIE WARME HAND

Die warme Hand, die noch voll Leben ist
Und zupackt mit Begier, die würde dich,
Läg sie erstarrt in eisig stummer Gruft,
So jagen tags und so durchkälten nachts,
Daß du dein eigen Herzblut gäbst für sie,
damit es rot durch meine Adern rausch,
Und dir wär wieder leicht zumut hier schau:
Ich halte sie dir hin!

STANZAS

In drear-nighted December,
Too happy, happy tree,
Thy Branches ne'er remember
Their green felicity:
The north cannot undo them,
With a sleety whistle through them;
Nor frozen thawings glue them
From budding at the prime.

In drear-nighted December,
Too happy, happy Brook,
Thy bubblings ne'er remember
Apollo's summer look;
But with a sweet forgetting,
They stay their crystal fretting,
Never, never petting
About the frozen time.

Ah! would 'twere so with many
A gentle girl and boy!
But were There ever any
Writh'd not of passed joy?
The feel of not to feel it,
When there is none to heal it,
Nor numbed sense to steel it,
Was never said in rhyme.

STANZEN

Dezember dämmert eisig.
O Glück in Wipfeln zart:
Nicht ahnt mehr euer Reisig,
Wie grün entzückt ihr wart!
Kein Nord schlägt ihnen Kerben,
Kein Hagel sie in Scherben,
Kein Reif kann sie verderben;
Sie blühen schon im Keim.

Dezember dämmert eisig.
O du des Bachlaufs Glück:
Nicht hält mehr fest dein Spiegel
Apollons Sonnenblick!
Vergißt er, süß zu schallen,
So ruht er doch kristallen
Und unberührt von allem,
Der Frost nur sucht ihn heim.

Ergings euch doch wie jenen,
Ihr Mädchen und ihr Herrn.
Wer krümmt sich nicht vor Sehnen
Nach manch entschwundnem Stern!
Sucht Gleichmut ihr zu finden:
Schmerz läßt sich nicht verbinden,
Mit Starrsinn gar verwinden – !
Ach, hierauf folgt kein Reim.

OLD MEG

Old Meg she was a Gipsy
   And lived upon the Moors:
Her bed it was the brown heath turf,
   And her house was out of doors.

Her apples were swart blackberries,
   Her currants pods o'broom;
Her wine was dew of the wild white rose,
   Her book a churchyard tomb.

Her Brothers were the craggy hills,
   Her sisters larchen trees –
Alone with her great family
   She liv'd as she did please.

No breakfast had she many a morn,
   No dinner many a noon,
And 'stead of supper she would stare
   Full hard against the Moon.

But every morn of woodbine fresh
   She made her garlanding,
And every night the dark glen Yew
   She wove, and she would sing.

And with her fingers old and brown
   She plaited Mats o' Rushes,
And gave them to the Cottagers
   She met among the Bushes.

OLD MEGGY

Old Meggy war Zigeunerin
Und hauste tief im Moor.
Ihr Lager war von Heidetorf,
Ihr Haus aus Spinnenflor.

Ihr Apfel wuchs am Brombeerstrauch,
Rosine noch im Ginsterluch.
Ihr Wein war blanker Rosentau
Und Grabsteinschrift ihr Buch.

Und Lärchenbäume, Brocken Fels:
Geschwister ihrer Phantasie!
Sie war allein, doch irgendwie
Auch Zentrum dieser Faemili.

Sie frühstückte nicht eben oft,
War mittags nichts gewohnt,
Statt abends reich zu tafeln, sah
sie magisch in den Mond.

Doch jeden Morgen nahm zum Kranz
Sie frisches Geißblatt her,
Im Finstern flocht sie Eibengrün,
Sang brummig wie ein Bär.

Die Finger waren alt und braun:
Sie flocht schon wie im Schlaf –
Gab Besenbindern ihr Geflecht,
Die sie im Dickicht traf.

Old Meg was brave as Margaret Queen
   And tall as Amazon:
An old red blanket cloak she wore;
   A chip-hat had she on.
God rest her aged bones somewhere –
   She died full long agone!

Old Meggy war Queen Margaret gleich
An Amazonenmut.
Trug gern ein altes rotes Plaid
Und einen Schifferhut.
Sie starb vorzeiten – ihr Skelett,
Gott gebe, daß es ruht!

LA BELLE DAME SANS MERCI

A Ballad

O, what can ail thee, knight-at-arms,
Alone and palely loitering?
The sedge is wither'd from the lake,
And no birds sing.

O, what can ail thee, knight-at-arms,
So haggard and so woe-begone?
The squirrel's granary is full,
And the harvest's done.

I see a lilly on thy brow,
With anguish moist and fever dew;
and on thy cheeks a fading rose
Fast withereth too.

I met a lady in the meads,
Full beautiful – a faery's child,
Her hair was long, her foot was light,
And her eyes were wild.

I made a garland for her head,
And bracelets too, and fragrant zone;
She look'd at me as she did love,
And made sweet moan.

I set her on my pacing steed,
And nothing else saw all day long;
For sidelong would she bend, and sing
A faery's song.

LA BELLE DAME SANS MERCI

Eine Ballade

Was grämt dich, Mann in Waffen, was?
Du hinkst allein und bleich umher.
Es sank das Schilf am See und singt
Kein Vogel mehr.

Was grämt dich, Mann in Waffen, was?
Du fällst vom Fleisch vor Ach und Weh.
Des Eichhorns Hamsterbau ist voll,
Und der Herbst haucht ade.

Die Lilie auf deiner Stirn
Seh ich von Fiebern naß und fahl,
Und rasch auf deinen Wangen welkt
Das Rosenmal.

Fand eine Lady querfeldein,
O schönes elbisches Gebild:
Lang war ihr Haar, ihr Fuß war leicht
Und ihr Auge wild.

Ich tat ihr einen Kranz aufs Haar,
Legt Spangen ihr und Gürtel an –
Sie tat sehr lieb, und süß fing sie
Zu klagen an.

Ich hob sie auf mein schnelles Pferd,
Sah diesen Tag sonst nichts im Ried,
Denn seitwärts lehnte sie und sang
Ein zaubrisch Lied.

She found me roots of relish sweet,
   And honey wild, and manna dew;
And sure in language strange she said –
   ›I love thee true!‹

She took me to her elfin grot,
   And there she wept and sigh'd full sore,
And there I shut her wild wild eyes
   With kisses four.

And there she lulled me asleep
   And there I dream'd – Ah! woe betide!
The latest dream I ever dream'd
   On the cold hill side.

I saw pale kings and princes too,
   Pale warriors, death-pale were they all;
They cried – ›La Belle Dame sans Merci
   Hath thee in thrall!‹

I saw their starved lips in the gloam,
   With horrid warning gaped wide,
And I awoke and found me here,
   On the cold hill side.

And this is why I sojourn here
   Alone and palely loitering,
Though the sedge has wither'd from the lake,
   And no birds sing.

Sie flößt' mir Saft von Wurzeln ein,
Aus wildem Honig ein Gebräu
Und schwor es mir in fremder Zung:
›Ich lieb dich treu.‹

Sie zog mich in ihr Dickicht fort
Und brach in Tränen aus vor mir,
Und dort schloß ich ihr wildes Aug
Mit Küssen vier.

Und dort hat sie mich eingewiegt,
Dort träumt ich: Weh und Waffenklang!
Den letzten Traum, den ich geträumt
Auf dem kalten Hang.

Sah Herrscher, Edelleute bleich
Und Kämpen, todbleich Mann für Mann,
Die schrien: ›La Belle Dame sans Merci
Hält dich in Bann!‹

Und Mund um Mund verging vor Gier
Und klaffte warnend, weit und bang –
Da fuhr ich auf und fand mich hier
Auf dem kalten Hang.

Und darum harr ich hier noch aus
Und hink allein und bleich umher,
Sank auch das Schilf am See und singt
Kein Vogel mehr.

ODE TO MAY

Fragment

Mother of Hermes! and still youthful Maia!
May I sing to thee
As thou wast hymned on the shores of Baiæ?
Or may I woo thee
In earlier Sicilian? Or thy smiles
Seek as they once were sought, in Grecian isles,
By bards who died content on pleasant sward,
Leaving great verse unto a little clan?
O, give me their old vigour, and unheard
Save of the quiet Primrose, and the span
Of heaven and few ears,
Rounded by thee, my song should die away
Content as theirs,
Rich in the simple worship of a day.

FRAGMENT EINER ODE

O Hermesmutter! Mädchenhafte Maja!
  Wie feiere ich dich?
Gleich jenen Jauchzenden am Strand von Bajä?
  Ist es dir lieb, wenn ich
Mit altem Ton Siziliens dir nah?
Dich lock, wie's auf dem Archipel geschah,
Wo Sänger starben – große Poesie
  Ward einer kleinen Völkerschaft vermacht?
O schenke mir ihr jähes Können, ihre Prosodie!
Ein Ätherblau! Ein Gelb, von Priemeln stad und sacht!
  Dann noch Gehör – es reicht' die kleinste Schar –:
Nur für mein Lied –! Verkläng's auch wie im Flug – – –
  Durch dich vollkommen: O, es hätte leicht
Von diesem *einen* Tage Ruhm genug …

O THOU WHOSE FACE

O thou whose face hath felt the Winter's wind,
Whose eye has seen the snow-clouds hung in mist,
And the black elm tops 'mong the freezing stars,
To thee the spring will be a harvest-time.
O thou, whose only book has been the light
Of supreme darkness which thou feddest on
Night after night when Phœbus was away,
To thee the Spring shall be a triple morn.
O fret not after knowledge – I have none,
And yet my song comes native with the warmth.
O fret not after knowledge – I have none,
And yet the Evening listens. He who saddens
At thought of idleness cannot be idle,
And he 's awake who thinks himself asleep.

DU, DESSEN ANTLITZ

Du, dessen Antlitz fror im Winterwind,
  Der Schneegewölk vor Augen hängen sah
  Und Ulmenwipfel, schwarz bei Eis und Stern:
  Du wirst im Frühjahr schon zur Ernte schreiten.
Du, dessen einziges Buch der Lichtschein war
  Der späten Finsternis, an dem du hingst,
  Ja, Nacht um Nacht, denn hart mied dich Apoll:
  Dir wird ein dreifach helles Frühjahr schäumen.
O sorg dich nicht um Wissen – ich hab keins!
  Und doch steigt mit der Wärme leicht mein Lied.
O sorg dich nicht um Wissen – ich hab keins!
  Und doch lauscht mir der Abend. Wer da grämlich
Ans Nichtstun denkt, der kann nicht müßig schweifen,
Und Wache hält, wer glaubt, er schliefe tief.

ON DEATH

Can death be sleep, when life is but a dream,
  And scenes of bliss pass as a phantom by?
The transient pleasures as a vision seem,
  And yet we think the greatest pain 's to die.

How strange it is that man on earth should roam,
  And lead a life of woe, but not forsake
His rugged path; nor dare he view alone
  His future doom which is but to awake.

AUF DEN TOD

Ist Tod ein Schlaf wie Hiersein bloß ein Traum?
Ist denn das Schauspiel *Seligkeit* zum Schein?
Das Glück verfliegt – ein Nachbild bleibt uns kaum:
Und doch schafft Sterben allerärgste Pein!

Zigeunerisch verirrt in Zeit und Raum,
Hält sich der Mensch nicht dennoch grad und brav?
Nur, Zukunft zu entsiegeln, wagt er kaum;
Sein Schicksal: Aufzufahren aus dem Schlaf!

SONETTE

Ich liebe Dich für immer und ewig und ohne Rückhalt.
Auch auf jede Weise –! Selbst meine Eifersuchtsanfälle sind
Verzückungen der Liebe gewesen. Während des heftigsten Anfalls,
den ich je hatte, wäre ich noch für Dich gestorben! Ach ich habe
Dich sehr gequält ...
Und Du, Du bist immer neu! Als Du gestern auf Deinem Heimweg
an meinem Fenster vorübergingst, war ich so voller Bewunderung
für Dich, als ob ich Dich zum ersten Mal gesehen hätte.

(Wentworth Place, März 1820)

AUS EINEM BRIEF AN FANNY BRAWNE

ON THE GRASSHOPPER AND CRICKET

The poetry of earth is never dead:
  When all the birds are faint with the hot sun,
  And hide in cooling trees, a voice will run
From hedge to hedge about the new-mown mead;
That is the Grasshopper's – he takes the lead
  In summer luxury, – he has never done
  With his delights; for when tired out with fun
He rests at ease beneath some pleasant weed.
The poetry of earth is ceasing never:
  On a lone winter evening, when the frost
    Has wrought a silence, from the stove there shrills
The Cricket's song, in warmth increasing ever,
  And seems to one in drowsiness half lost,
    The Grasshopper's among some grassy hills.

GRILLE UND HEIMCHEN

Die Poesie der Erde endet nie.
Sinkt vor der Hitze auch das Vogelheer
Zurück in kühle Wipfel, so zieht quer
Durch Au und Hecken eine Melodie:

Die Grille ists – ihr wundersamer Laut
Beschwört das Glück des Sommers unentwegt.
Sogar wenn keine Lust sie mehr erregt,
Ruht sie noch lustvoll müd im frischen Kraut.

Die Poesie der Erde kann nicht enden.
Am Winterabend, wenn der Frost das Land
Zum Schweigen bringt, zirpt bald vom Ofen schön

Des Heimchens Lied, kehrt um an warmen Wänden –
Und jemand wähnt, vom Schlaf halb übermannt,
Die Grille wärs auf grillengrünen Höhn.

TO MY BROTHER GEORGE

Many the wonders I this day have seen:
  The sun, when first he kist away the tears
  That fill'd the eyes of morn; – the laurell'd peers
Who from the feathery gold of evening lean; –
The ocean with its vastness, its blue green,
  Its ships, its rocks, its caves, its hopes, its fears, –
  Its voice mysterious, which whoso hears
Must think on what will be, and what has been.
E'en now, dear George, while this for you I write,
  Cynthia is from her silken curtains peeping
So scantly, that it seems her bridal night,
  And she her half-discover'd revels keeping.
But what, without the social thought of thee,
  Would be the wonders of the sky and sea?

AN MEINEN BRUDER GEORGE

Ich staunte heut so manches Wunder an:
Die Sonne, die den Tau vom Angesicht
Des Morgens sog; die Lorbeer-Helden, licht,
Mit Zirrengold des Abends angetan –

Das blaue Grün: den weiten Ozean,
Steilküste, Flotten, Furcht und Zuversicht,
Geheimnisvolle Dünung, die sich bricht,
Von Zukunft rauschend: Wahrheit oder Wahn ...?

Derweil ich, George, die Zeilen hier gebaut,
Sah Cynthia*, mit Seiden rings umkleidet,
Verstohlen draus hervor wie eine Braut,

Die sich erst halb an ihrem Feuer weidet. –
Doch dächt ich nicht an dich, getreu wie eh,
Was wären mir der Himmel und die See?

* Ein römischer Name für die griechische Göttin Artemis, aber auch ein Beiname Lunas, der Mondgöttin, auf die Keats hier anspielt.

O SOLITUDE

O Solitude! if I must with thee dwell,
   Let it not be among the jumbled heap
   Of murky buildings; climb with me the steep, –
Nature's observatory – whence the dell,
Its flowery slopes, its river's crystal swell,
   May seem a span; let me thy vigils keep
   'Mongst boughs pavillion'd, where the deer's swift leap
Startles the wild bee from the fox-glove bell.
   But though I'll gladly trace these scenes with thee,
   Yet the sweet converse of an innocent mind,
Whose words are images of thoughts refin'd,
   Is my soul's pleasure; and it sure must be
Almost the highest bliss of human-kind,
   When to thy haunts two kindred spirits flee.

EINSAMKEIT

O Einsamkeit, da du mich heimgesucht,
Was solln wir noch im Meer der Häuser hier?
Erklimm mit mir den Turm im Felsrevier –
Sternwarte der Natur – und schau zur Schlucht,

Die winzig daliegt an kristallner Bucht:
O laß mich Wache halten neben dir,
Wo tief im Dorn geschmeidiges Getier
Den Bienenschwarm erschreckt, der Blüten sucht!

Gern mach ichs mir, dir beigesellt, bewußt.
Doch erst Gespräch, das arglos uns befreit
Und dem Gedanken Bild und Wendung leiht,

Berückt mein Herz. Nein, kaum noch höhre Lust,
Als hinzufliehn geschwisterlich zu zweit
An deine wie ein Obdach warme Brust!

KEEN, FITFUL GUSTS

Keen, fitful gusts are whisp'ring here and there
  Among the bushes half leafless, and dry;
  The stars look very cold about the sky,
And I have many miles on foot to fare.
Yet feel I little of the cool bleak air,
  Or of the dead leaves rustling drearily,
  Or of those silver lamps that burn on high,
Or of the distance from home's pleasant lair:
For I am brimfull of the friendliness
  That in a little cottage I have found;
Of fair-hair'd Milton's eloquent distress,
  And all his love for gentle Lycid drown'd;
Of lovely Laura in her light green dress,
  And faithful Petrarch gloriously crown'd.

ES SAUSEN BÖEN

Es sausen launische und scharfe Böen
In trocknem Laub, verwildertem Gefild,
Die Sterne blitzen kalt am Himmelsschild:
Ich muß noch manche gute Meile gehn.

Kaum spür ich, wie die Frostluft mich verhöhnt
Und sich die toten Blätter raschelnd drehn,
Wie droben hell die Silberlichter stehn,
Wie sich mein Heimweg endlos, endlos dehnt:

So glühe ich, denn nie fand ich bislang
In einem Cottage solche Herzlichkeit –
Dort klagte Goldschopf Milton, wie sichs ziemt,

Um Freund Lycid, den edlen, der ertrank;
Betört von Laura, lichtgrün war ihr Kleid,
Fand ich Petrarca, treu und hochberühmt.

ON FIRST LOOKING
INTO CHAPMAN'S HOMER

Much have I travell'd in the realms of gold,
  And many goodly states and kingdoms seen;
  Round many western islands have I been
Which bards in fealty to Apollo hold.
Oft of one wide expanse had I been told
  That deep-brow'd Homer ruled as his demesne;
  Yet did I never breathe its pure serene
Till I heard Chapman speak out loud and bold:
Then felt I like some watcher of the skies
  When a new planet swims into his ken;
Or like stout Cortez when with eagle eyes
  He star'd at the Pacific – and all his men
Look'd at each other with a wild surmise –
  Silent, upon a peak in Darien.

BEIM ERSTEN HINEINSCHAUN IN CHAPMANS HOMER

Bin weit gereist durch Welt aus purem Gold,
Hab reichlich Pracht und Königtum gesehn;
Im West an Inseln, die Apoll zu Lehn
Rhapsoden gab, bin ich vorbeigerollt.

Und fabeln hört ich oft von Länderein:
Dort wär mit breiter Stirn Homer der Herr –
Mir ging sein Geist erst englisch auf, als er
In Chapmans kühner Schrift ward Wort und Wein.

Da fühlte ich des Astronomen Glück,
Den ein Planet mit seinem Feuer bannt;
Wie Cortez kühn, als sich sein Kondorblick,

Indes der Trupp ihn ratlos wild umstand,
Erfrischt zum kobaltgrünen Pazifik
Hinunterschwang von Dariens Felsenrand.

ON SITTING DOWN TO READ *KING LEAR* ONCE AGAIN

O golden tongued Romance, with serene lute!
   Fair plumed Syren, Queen of far-away!
   Leave melodizing on this wintry day,
Shut up thine olden pages, and be mute:
Adieu! for, once again, the fierce dispute
   Betwixt damnation and impassion'd clay
   Must I burn through; once more humbly assay
The bitter-sweet of this Shakespearian fruit:
Chief Poet! and ye clouds of Albion,
   Begetters of our deep eternal theme!
When through the old oak Forest I am gone,
   Let me not wander in a barren dream,
But when I am consumed in the fire,
Give me new Phœnix wings to fly at my desire.

ALS ICH MICH ANSCHICKTE, *KÖNIG LEAR* WIEDERZULESEN

O Lautenspiel *Romantik!* Goldakkord!
Sirenenzüngige Gebieterin,
Laß ab von deinen wehen Melodien,
Schweig winterlich, wirf die Scharteken fort:

Adieu! Ich eil zu hitzigem Disput.
Entzückter Staub mit der Verdammnis ringt.
Ich brenne los, und auf die Kniee zwingt
Mich wieder Shakespeares herb und süße Glut.

Regent der Dichter, Albions Gewölk:
Ihr Stifter dessen, was uns birgt und bleibt –
Wenn mich mein Los aus diesem Eichwald treibt,

Verwehrt mir, daß ich weiter träumrisch schwelg!
Gebt, daß ich ganz dem Feuer unterlieg
Und phönixgleich ein neues Ziel erflieg!

ON VISITING THE TOMB OF BURNS

The town, the churchyard, and the setting sun,
  The clouds, the trees, the rounded hills all seem,
  Though beautiful, cold – strange – as in a dream,
I dreamed long ago, now new begun.
The short-liv'd, paly Summer is but won
  From Winter's ague, for one hour's gleam;
  Though sapphire-warm, their stars do never beam:
All is cold Beauty; pain is never done:
For who has mind to relish, Minos-wise,
  The Real of Beauty, free from that dead hue
    Sickly imagination and sick pride
  Cast wan upon it! Burns! with honour due
    I oft have honour'd thee. Great shadow, hide
Thy face; I sin against thy native skies.

BEIM BESUCH VON BURNS' GRAB

Die Stadt, der Kirchhof und das letzte Licht,
Die Wolken, Bäume, Hügel überm Wald:
Sie kommen schön, doch traumhaft fremd und kalt,
Geträumt vorzeiten, abermals in Sicht.

Der kurzen blassen Sommerszeit entspricht
Kaum karger Schimmer – Winter wird es bald;
Saphirne Sterne, aber blind und alt:
Die Pracht ist kalt – ja Schmerz, du endest nicht:

Denn wer gerecht und wahr – wie Minos gar –
Das triftig Schöne liebt, haßt Leichenweiß:
Zum Übertünchen hochgeschätzt von Wahn und Weh;

Hol's doch der Teufel! – Burns! Oft ehrte ich dich heiß.
Verhüll dein Antlitz, Schatten, denn ich schmäh
Den Boden, der dir ehmals Heimat war.

HOW MANY BARDS

How many bards gild the lapses of time!
   A few of them have ever been the food
   Of my delighted fancy, – I could brood
Over their beauties, earthly, or sublime:
And often, when I sit me down to rhyme,
These will in throngs before my mind intrude:
   But no confusion, no disturbance rude
Do they occasion: 'tis a pleasing chime.
So the unnumber'd sounds that evening store;
The songs of birds – the whisp'ring of the leaves –
   The voice of waters – the great bell that heaves
With solemn sound, – and thousand others more,
   That distance of recognizance bereaves,
Make pleasing music, and not wild uproar.

WIE VIELE DICHTER

Wie viele Dichter wiegen nicht die Zeit
Mit barem Gold auf! Meiner Phantasie
Bot mancher stete Kost – ich weiß durch sie
Mich irdisch, überirdisch eingeweiht.

Und oft, sobald ich reim, drängt sich erneut
Die Schar in meinen Sinn, um meine Knie:
Doch nicht Verworrenheit verbreitet sie,
Auch nicht Tumult, nein: liebliches Geläut.

Wie dieses Abends Stimmen, zahllos schön:
Das Laubgeraun, der zarte Vogelhall,
Der Laut des Wassers und der Glocke Schwall,

Der ernst verklingt, und tausend mehr erhöhn,
Obwohl unkenntlich fern, mit hellem Schall
Noch die Musik – nicht stürmisches Gedröhn.

DEDICATION TO LEIGH HUNT, ESQ.

Glory and loveliness have pass'd away;
  For if we wander out in early morn,
  No wreathed incense do we see upborne
Into the east, to meet the smiling day;
No crowd of nymphs soft voic'd and young, and gay,
  In woven baskets bringing ears of corn,
  Roses, and pinks, and violets, to adorn
The shrine of Flora in her early May.
But there are left delights as high as these,
  And I shall ever bless my destiny,
That in a time, when under pleasant trees
  Pan is no longer sought, I feel a free,
A leafy luxury, seeing I could please
  With these poor offerings, a man like thee.

WIDMUNG AN LEIGH HUNT, ESQ.

Wie Glorie und Lieblichkeit vergehn!
Ziehn wir frühmorgens aus, wie Vögel frei,
Streicht ostwärts doch kein Rauch an uns vorbei,
Um steil zum heitren Tag emporzuwehn;

Kein Nymphenrudel, jung und sanft und schön,
Trägt Weizenähren körbeweis herbei
Und Rosen, Veilchen durch den frühen Mai,
Um den Altar der Göttin zu erhöhn.

Doch bleibt noch Lust und soll uns nicht gereun:
Ich segne drum mein Schicksal ewiglich,
Daß selbst in Zeiten, die vor Pan sich scheun,

Ein wachsend ungestümes Feuer mich
So überläuft: denn wie ich seh, erfreun
Solch arme Dinge einen Mann wie dich.

HAPPY IS ENGLAND

Happy is England! I could be content
    To see no other verdure than its own;
    To feel no other breezes than are blown
Through its tall woods with high romances blent:
Yet do I sometimes feel a languishment
    For skies Italian, and an inward groan
    To sit upon an Alp as on a throne,
And half forget what world or worldling meant,
Happy is England, sweet her artless daughters;
    Enough their simple loveliness for me,
        Enough their whitest arms in silence clinging:
    Yet do I often warmly burn to see
        Beauties of deeper glance, and hear their singing,
And float with them about the summer waters.

GLÜCKLICH IST ENGLAND

Glücklich ist England! Mir genügte leicht,
Nur dies ihm eigne edle Grün zu sehn,
Nichts zu verspürn als dies sonore Wehn,
Das durch den Wald, Romanzen fabelnd, streicht.

Doch oft geschiehts, daß mich Begier beschleicht,
Im Himmelreich Italien zu vergehn,
Auf einer Alpe steingekrönt zu stehn,
Wo mich kein Wust von keiner Welt erreicht.

Glücklich ist England! Seine Töchter brauchen
Um ihre Anmut nicht zu fürchten. Ach,
Genug der Arme, die mich weiß umschlingen!

Doch oft entbrenn ich, möcht noch Schönren nach:
Dem Glanz von Badenden und ihrem Singen –,
Und durch das Sommermeer mit ihnen tauchen.

TO –

Time's sea hath been five years at its slow ebb,
  Long hours have to and fro let creep the sand.
Since I was tangled in thy beauty's web,
  And snared by the ungloving of thine hand.
And yet I never look on midnight sky,
  But I behold thine eyes' well memory'd light:
I cannot look upon the rose's dye,
  But to thy cheek my soul doth take its flight.
I cannot look on any budding flower,
  But my fond ear, in fancy at thy lips
And hearkening for a love-sound, doth devour
  Its sweets in the wrong sense: – Thou dost eclipse
Every delight with sweet remembering,
And grief unto my darling joys dost bring.

AN –

Die Zeit, die ozeanische, verging
Fünf Jahre schleppend zwischen Schlick und Sand,
Seitdem ich mich betört im Garn verfing
Vom abgestreiften Handschuh deiner Hand.

Und doch, schau ich im Nachtwind himmelwärts,
Find ich dein unvergeßnes Augenlicht;
Von jedem Rosenfarbton bebt mein Herz:
Ob er wohl deinem Wangenrot entspricht?

Bei jeder aufgebrochnen Knospe springt
Mein Ohr auf, wähnt, dein Mund berühr es fein,
Horcht nach dem Laut der Liebe aus und bringt

Verkehrten Sinnes seine Süße ein:
Gedenk ich dein, beschlägt mir jedes Glück,
Und du zerbrichst mein Jauchzen Stück um Stück.

ON A LEANDER GEM WHICH MISS REYNOLDS, MY KIND FRIEND, GAVE ME

Come hither all sweet maidens soberly,
   Down-looking –, and with a chasten'd light,
   Hid in the fringes of your eyelids white,
And meekly let your fair hands joined be,
As if so gentle that ye could not see,
   Untouch'd, a victim of your beauty bright,
   Sinking away to his young spirit's night, –
Sinking bewilder'd 'mid the dreary sea:
'Tis young Leander toiling to his death;
   Nigh swooning, he doth purse his weary lips
      For Hero's cheek, and smiles against her smile,
   O horrid dream! see how his body dips
      Dead-heavy; arms and shoulders gleam awhile:
He's gone: up bubbles all his amorous breath!

AUF EINE LEANDER-GEMME, DIE MIR MISS REYNOLDS, MEINE LIEBE FREUNDIN, GAB

Kommt her, ihr süßen Mädchen, kommt und senkt
Die Blicke, überdeckt die keusche Glut,
Nehmt unter Lid und Wimper sie in Hut
Und hebt die zarten Hände so verschränkt,

Als könntet ihr nicht ansehn ungekränkt,
Den umbringt euer Aussehn: Milch und Blut!
Wie jung er sinkt, von nächtlich öder Flut
Der Seele wie von wüster See umdrängt:

Leander ist's! Schon hält der Tod ihn auf.
Der Ohnmacht nah, sucht sein erschöpfter Mund,
Ihr Lächeln lächelnd, Heros Wangenjoch.

O Schreckenstraum! Der Leib sinkt schwer zu Grund,
Sinkt steinern, Arm und Schulter schimmern noch:
So schwindet er – sein Atem perlt herauf!

TO G. A.W.

Georgiana Augusta Wylie

Nymph of the downward smile and sidelong glance,
In what diviner moments of the day
Art thou most lovely? – when gone far astray
Into the labyrinths of sweet utterance,
Or when serenely wand'ring in a trance
Of sober thought? – or when starting away
With careless robe to meet the morning ray
Haply 'tis when thy ruby lips part sweetly,
And so remain, because thou listenest:
But thou to please wert nurtured so completely
That I can never tell what mood is best.
I shall as soon pronounce which Grace more neatly
Trips it before Apollo than the rest.

AN G. A. W.

Nymphe mit lächelndem, verstohlnem Blick:
Zu welcher hohen Stunde find ich dich
Am allerlieblichsten? Vielleicht, wenn sich
Dein Wort in süßem Labyrinth verstrickt?

Dann, wenn du heiter hinstreichst und entrückt
Gedanken denkst? Womöglich, wenn du gern
Im losen Hemd begrüßt den Morgenstern,
Die Blumen schonst, sooft dein Tanzsprung glückt?

Wenn du, die Lippen feuchtrot aufgetan,
Betörend lauschst mit angehaltnem Atem?
Ich bin von deiner Anmut so besiegt,

Daß ichs nicht sagen, nicht entscheiden kann.
Wie könnt ich unter Grazien erraten
Auch die Gazelle, der Apoll erliegt!

THE DAY IS GONE

The day is gone, and all its sweets are gone!
   Sweet voice, sweet lips, soft hand, and softer breast,
Warm breath, light whisper, tender semi-tone,
   Bright eyes, accomplish'd shape, and lang'rous waist!
Faded the flower and all its budded charms,
   Faded the sight of beauty from my eyes,
Faded the shape of beauty from my arms,
   Faded the voice, warmth, whiteness, paradise –
Vanish'd unseasonably at shut of eve,
   When the dusk holiday – or holinight
Of fragrant-curtain'd love begins to weave
   The woof of darkness thick, for hid delight;
But, as I've read love's missal through to-day,
He'll let me sleep, seeing I fast and pray.

DER TAG UND SEINE SÜSSE

Entflohn der Tag und seine Süße weit:
Üppiger Mund, ein Hauchen, Brüste zart und heiß,
Strahlen und Wispern, Leichtsinn, Zärtlichkeit,
Vollkommner Wuchs, die Hüften, hüllenweiß.

Fort sind die Blumen und ihr Knospenschwall,
Fort schöner Schein aus meines Augs Verlies,
Fort schöner Stoff aus meiner Arme Wall,
Fort Weiß und Wärme, Schoß und Paradies …

Vorbei des Abends End: noch vor der Zeit,
Da Feiertag, nein Feiernacht zur Zier
Der Liebe dichter webt die Dunkelheit:

Das schwarze Zelt für heimliche Begier.
So fromm wie heut dient ich der Liebe nie –
Drum komm, o Schlaf, denn sieh: ich fast' und knie!

BRIGHT STAR

Bright star, would I were steadfast as thou art –
Not in lone splendour hung aloft the night
And watching, with eternal lids apart,
Like nature's patient, sleepless Eremite,
The moving waters at their priestlike task
Of pure ablution round earth's human shores,
Or gazing on the new soft-fallen mask
Of snow upon the mountains and the moors –
No – yet still steadfast, still unchangeable,
Pillow'd upon my fair love's ripening breast,
To feel for ever its soft fall and swell,
Awake for ever in a sweet unrest,
Still, still to hear her tender-taken breath,
And so live ever – or else swoon to death.

ENTBRANNTER STERN

Entbrannter Stern, ständ ich so fest wie du!
Nicht strahlte ich mit ewig offnem Lid,
Um zu erkunden ohne Schlaf und Ruh
Als in die Nacht gebeugter Eremit,

Wie priesterhaft die reine See bespült
Der Erde Küsten, die von Menschen grau,
Und wie der Schnee herniedersinkt und kühlt
Mit sachter Maske Hochland, Moor und Au:

Nein – standhaft wohl und immerdar mir gleich,
Gebettet an der Liebsten zarte Brust,
Nur um zu fühlen endelos, wie weich

Sie fällt und schwillt, in rastlos süßer Lust
Fort, fort zu hören ihres Atems Gang:
Dies ewig – oder tot ein Leben lang!

ON A DREAM

As Hermes once took to his feathers light,
When lulled Argus, baffled, swoon'd and slept,
So on a Delphic reed, my idle spright
So play'd, so charm'd, so conquer'd, so bereft
The dragon-world of all its hundred eyes;
And, seeing it asleep, so fled away –
Not to pure Ida with its snow-cold skies,
Nor unto Tempe, where Jove griev'd that day;
But to that second circle of sad hell,
Where in the gust, the whirlwind, and the flaw
Of rain and hail-stones, lovers need not tell
Their sorrows. Pale were the sweet lips I saw,
Pale were the lips I kiss'd, and fair the form
I floated with, about that melancholy storm.

ÜBER EINEN TRAUM

Wie Hermes einst die lichten Flügel schwang,
Als Schlaf auf den getäuschten Argus fiel,
So schlug mein Geist mit dem verwunschnen Klang
Von delphischem, dem ›dunklen‹, Flötenspiel

Der Drachen Augen hundertfach in Bann
Und floh, als er sie eingeschläfert fand –
O nicht zum Schnee des Ida himmelan,
Noch hin zu Zeus, der litt an Tempes Wand:

Nein, sondern hin zum zweiten Höllenkreis!
Dort gaben Regen, Böen, Hagelschlag
Der Liebenden verschwiegnen Kummer preis.

Bleich warn die süßen Lippen unter Tag –
Ich küßte ein Geschöpf aus Lieb und Wahn
Und trieb mit ihm im klagenden Orkan …

I CRY YOUR MERCY

I cry your mercy – pity – love! – aye, love!
   Merciful love that tantalizes not,
One-thoughted, never-wandering, guileless love,
Unmask'd, and being seen – without a blot!
O! let me have thee whole, – all – all – be mine!
   That shape, that fairness, that sweet minor zest
Of love, your kiss, – those hands, those eyes divine,
   That warm, white, lucent, million-pleasured breast, –
Yourself – your soul – in pity give me all,
   Withhold no atom's atom or I die,
Or living on perhaps, your wretched thrall,
   Forget, in the mist of idle misery,
Life's purposes, – the palate of my mind
Losing its gust, and my ambition blind!

ICH SCHREI ZU DIR

Ich schrei zu dir um Gnade – Mitleid – Liebe!
Ach, Liebe, die nicht peinigt, sondern heilt:
Einhellige, in Erz geprägte Liebe,
Die ohne Makel treu bei mir verweilt!

Fall ganz bedingungslos in meine Hand!
Dies Schönsein und dies Auge golderhellt,
Dein Kuß, der Liebe süßes Unterpfand,
Der Brüste weißes, leuchtendes Gezelt,

Dein Selbst, dein Inbild noch: o gönn es mir,
Verweigre kein Atom, sonst sterb ich hin!
Doch blieb ich nur mehr dein Leibeigner hier,

Verkäm ich bald, vergäß des Hierseins Sinn!
Mein Geist vergrübe tonlos seinen Mund,
Und meine Ruhmsucht ginge blind zugrund.

TO SLEEP

O soft embalmer of the still midnight,
  Shutting, with careful fingers and benign,
Our gloom-pleas'd eyes, embower'd from the light,
  Enshaded in forgetfulness divine:
O soothest Sleep! if so it please thee, close
  In midst of this thine hymn my willing eyes,
Or wait the amen, ere thy poppy throws
  Around my bed its lulling charities.
Then save me, or the passed day will shine
Upon my pillow, breeding many woes, –
  Save me from curious Conscience, that still lords
Its strength for darkness, burrowing like a mole;
  Turn the key deftly in the oiled wards,
And seal the hushed Casket of my Soul.

AN DEN SCHLAF

O du Erbarmer stiller Mitternacht,
Du, dessen zarte Hand zu dieser Zeit
Das schwermutsvolle Aug vor Licht bewacht
Mit Schattenwürfen der Vergessenheit:

Tiefsanfter Schlaf! Wenn dirs gefällt, so tu
Mein Auge zu jetzt, da mein Wort dich preist –
Halt, wart das Amen ab, eh lindernd du
Ums Lager streust des Mohnes Gab und Geist;

Dann schütze mich, sonst scheint der Tag mit Macht
Mir neu aufs Kissen, fügt mir Jammer zu!
Beschütze mich vor des Gewissens Wut –

Im Finstern wühlt sichs wie ein Maulwurf ein;
Dreh flink den Schlüssel und versiegle gut
Der sacht verstummten Seele Schloß und Schrein.

FOUR SEASONS

Four seasons fill the measure of the year;
   There are four seasons in the mind of man:
He has his lusty Spring, when fancy clear
   Takes in all beauty with an easy span:
He has his Summer, when luxuriously
   Spring's honey'd cud of youthful thought he loves
To ruminate, and by such dreaming high
   Is nearest unto heaven: quiet coves
His soul has in its Autumn, when his wings
   He furleth close; contented so to look
On mists in idleness – to let fair things
   Pass by unheeded as a threshold brook.
He has his Winter too of pale misfeature,
Or else he would forego his mortal nature.

VIER ZEITEN

Vier Zeiten werden jedem Jahr gewährt.
Vier Zeiten auch durchmißt der Mensch im Geist.
Den Frühling erst: Wenn Phantasie verklärt
Und mühelos das Schönste an sich reißt.

Den Sommer dann: Wenn er darüber sinnt,
was er im Frühjahr süß und toll begehrt,
Und so in Träumen, glorreich wie der Wind,
Zum Scheitelpunkt des Himmels aufwärtsfährt.

Im Herbst ruht seine Seele unergrimmt:
Sie kreuzt die Schwingen und schaut achtlos drein,
Wenn nebelhaft das Köstliche verschwimmt,

Wie Wasser hinrinnt unterm Treppenstein.
Bleich, greulich naht sein Winter unterdessen:
Er könnt sonst seine Sterblichkeit vergessen.

AFTER DARK VAPOURS

After dark vapours have opress'd our plains
   For a long dreary season, comes a day
   Born of the gentle South, and clears away
From the sick heavens all unseemly stains.
The anxious month, relieved of its pains,
   Takes as a long-lost right the feel of May;
   The eyelids with the passing coolness play
Like rose leaves with the drip of Summer rains.
The calmest thoughts come round us; as of leaves
   Budding – fruit ripening in stillness – Autumn suns
Smiling at eve upon the quiet sheaves –
Sweet Sappho's cheek – a sleeping infant's breath –
   The gradual sand that through an hour-glass runs –
A woodland rivulet – a Poet's death.

DIE DÜSTREN SCHWADEN

Die düstren Schwaden lagerten sich schwer
Auf unsren öden Plänen winterlang.
Jetzt rauscht der Tag – dir, sanfter Süd, sei Dank! –
Und fegt die krank gefleckten Himmel leer.

Der Monat steht erfrischt mit einem Schlag
Und herrscht nun endlich und zu Recht als Mai.
Die Kühle spielt und flieht am Aug vorbei
Wie sommerlich Getropf im Rosenhag.

Die stillsten Bilder stelln sich bei uns ein:
Knospen und Früchte, herbstlich klarer Schein,
Der sich auf Garben abendsanft ergießt,

Des Kindleins Ruhen, Sapphos Wangenrot,
Der leise Sand, der durch ein Uhrglas fließt,
Ein Quell im Waldland – eines Dichters Tod.

WHY DID I LAUGH

Why did I laugh to-night? No voice will tell:
   No God, no Demon of severe response,
Deigns to reply from Heaven or from Hell.
   Then to my human heart I turn at once.
Heart! Thou and I are here sad and alone;
   I say, why did I laugh? O mortal pain!
O Darkness! Darkness! ever must I moan,
   To question Heaven and Hell and Heart in vain.
Why did I laugh? I know this Being's lease,
   My fancy to its utmost blisses spreads;
Yet would I on this very midnight cease,
   And the world's gaudy ensigns see in shreds;
Verse, Fame, and Beauty are intense indeed,
But Death intenser – Death is Life's high meed.

ACH, WARUM LACHTE ICH

Ach, warum lachte ich heut nacht, warum?
Kein Gott, kein Geist tut mirs barmherzig kund,
Wend ich auch Höll und Höh nach Antwort um –
Drum geh ich meinem Herzen auf den Grund.

Herz, du und ich sind hier allein, so sag,
Sag: Warum lachte ich? O Todespein!
O Dunkel! Dunkel! Wie vergeblich klag
Bei Himmel, Höll und Herz ich Antwort ein!

Was lacht ich nur? Ich kenn des Seins Gewalt,
Und Phantasie bestürmt mich schön geballt:
Doch stürb ich gleich, verriet ich ohne Not

Das Fahnentuch der Welt, das rauscht und rollt.
Vers, Ruhm und Schönheit überwiegt der Tod.
Tod ist des Lebens hochbemeßner Sold.

WHEN I HAVE FEARS

When I have fears that I may cease to be
   Before my pen has glean'd my teeming brain,
Before high-piled books, in charactery,
   Hold like rich garners the full ripen'd grain;
When I behold, upon the night's starr'd face,
   Huge cloudy symbols of a high romance,
And think that I may never live to trace
   Their shadows, with the magic hand of chance;
And when I feel, fair creature of an hour,
   That I shall never look upon thee more,
Never have relish in the faery power
   Of unreflecting love; – then on the shore
Of the wide world I stand alone, and think
Till love and fame to nothingness do sink.

WENN ES MICH PACKT

Wenn es mich packt, ich möchte nicht mehr sein,
Bevor dies Blei den Geistersturm gebannt
In Haufen Lettern, schönen Bücherein,
Wie Korn, gescheffelt bis zum Speicherrand.

Wenn ich erspäh im Angesicht der Nacht
Embleme hoher Kunst als Rauch und Brand
Und denk, es fehlte mir an Gunst und Macht,
Ihr Schattenspiel zu bergen leichterhand.

Und wenn ich spür, Geschöpf der schönern Zeit,
Ich werd dich nimmer sehn, nie wieder mehr,
Und auch nicht kosten von der Süßigkeit

Argloser Lieb –: Dann wach ich mit Beschwer
Nachdenklich überm letzten Deich der Welt,
Bis Lieb und Ruhm zu nichts als Nichts zerschellt.

ODEN

Gibt es ein anderes Leben? Werde ich aufwachen und sehen,
daß dies hier alles ein Traum war? Es muß! Es muß!
Wir können nicht erschaffen worden sein, um so zu leiden.

An Bord der »Maria Crowther«,
30. September 1820

AUS DEM LETZTEN BRIEF

ODE TO PSYCHE

O Goddess! hear these tuneless numbers, wrung
By sweet enforcement and remembrance dear,
And pardon that thy secrets should be sung
Even into thine own soft-conched ear:
Surely I dreamt to-day, or did I see
The winged Psyche with awaken'd eyes?
I wander'd in a forest thoughtlessly,
And, on the sudden, fainting with surprise,
Saw two fair creatures, couched side by side
In deepest grass, beneath the whisp'ring roof
Of leaves and trembled blossoms, where there ran
A brooklet, scarce espied:

'Mid hush'd, cool-rooted flowers, fragrant-eyed,
Blue, silver-white, and budded Tyrian,
They lay calm-breathing on the bedded grass;
Their arms embraced, and their pinions too:
Their lips touch'd not, but had not bade adieu,
As if disjoined by soft-handed slumber,
And ready still past kisses to outnumber
At tender eye-dawn of aurorean love:
The winged boy I knew;
But who wast thou, O happy, happy dove?
His Psyche true!

O latest born and loveliest vision far
Of all Olympus' faded hierarchy!
Fairer than Phoebe's sapphire-region'd star,
Or Vesper, amorous glow-worm of the sky;
Fairer than these, though temple thou hast none,
Nor altar heap'd with flowers;
Nor virgin-choir to make delicious moan

ODE AN PSYCHE

O Göttin, hör die rauhen Verse auch,
Es stammelt sie ein süßer Zwang hervor.
Vergib mir, daß ich dein Geheimnis hauch
In dies dein eignes sanft gewundnes Ohr!
War ich verträumt, sah ich das lichte Spiel
Von Psyches Schwingen heut mit wachem Blick?
Ich streifte ahnungslos durchs Holz, da fiel
Mich Staunen an und hielt mich jäh zurück:
Ein schön geschaffnes Paar lag Wang an Wang
Im Gras vergraben, rieselnd überdacht
Von Laub und Blüten, und ein Wasser wand
Sich am verborgnen Hang.

Großäugig kühler Blumenüberschwang,
Blau aufgesprungen, fein wie Silbersand:
Da ruhten sie auf ihrem Bett von Gras,
Die Arme leicht, die Fittiche verschränkt
Und ihre Lippen sanfterhand getrennt
Gleichwie von Schlaf und nicht von Abschiedsfeuern,
Bereit, das Küssen stürmisch zu erneuern,
Schlüg Zärtlichkeit das Aug auf neu entzückt.
Den Jungen zwar erkannte ich im Nu.
Doch wer war die Getreue hochbeglückt?
Du, Psyche, du!

O allerletzter teurer Widerschein
Aus dem olympischen gelobten Land!
Schöner als Phöbes mondner Edelstein,
Als Hesperus, der Himmlische, entbrannt
Bist du, die weder Fries noch Säule hat,
Noch kranzbeladne Stufen,
noch Mädchenrudel, das sich klagend naht,

Upon the midnight hours;
No voice, no lute, no pipe, no incense sweet
From chain-swung censer teeming;
No shrine, no grove, no oracle, no heat
Of pale-mouth'd prophet dreaming.

O brightest! though too late for antique vows,
Too, too late for the fond believing lyre,
When holy were the haunted forest boughs,
Holy the air, the water, and the fire;
Yet even in these days so far retir'd
From happy pieties, thy lucent fans,
Fluttering among the faint Olympians,
I see, and sing, by my own eyes inspir'd.
So let me be thy choir, and make a moan
Upon the midnight hours;
Thy voice, thy lute, thy pipe, thy incense sweet
From swinged censer teeming;
Thy shrine, thy grove, thy oracle, thy heat
Of pale-mouth'd prophet dreaming.

Yes, I will be thy priest, and build a fane
In some untrodden region of my mind,
Where branched thoughts, new grown with pleasant pain,
Instead of pines shall murmur in the wind:
Far, far around shall those dark-cluster'd trees
Fledge the wild-ridged mountains steep by steep;
And there by zephyrs, streams, and birds, and bees,
The moss-lain Dryads shall be lull'd to sleep;
And in the midst of this wide quietness
A rosy sanctuary will I dress
With the wreath'd trellis of a working brain,
With buds, and bells, and stars without a name,
With all the gardener Fancy e'er could feign,

Um nachts dich anzurufen,
Nicht Atem, Triller, Rauch vom Beckengrund
Aus schwingenden Geräten,
Nicht Gold, Gehölz und nicht Orakelmund
Des träumenden Propheten.

O Lichteste! Zu spät, zu spät ists zwar
Für Griecheneid und Gläubigkeit der Leier –
Wie einst, als noch das Dickicht heilig war
Und dreimal heilig Wasser, Luft und Feuer;
Schwelt heut auch unser Frommsein immer trüber,
Gleißt dennoch deines Flugs entrückter Blitz
Auf bleichem Berg, dem gottverlaßnen Sitz:
Ich sehs und sings, die Augen gehn mir über.
So laß nur mich der Mädchen Chorlied sein
Und nachts dich selig rufen,
Auch Atem, Triller, Rauch vom Beckengrund
Aus schwingenden Geräten
Und Gold, Gehölz, auch der Orakelmund
Des träumenden Propheten.

Ja, ich will Hirt und Heiligtum dir sein
Und hab dich meinem Herzen eingeprägt;
Dir soll das Reisig meiner schönen Pein
Gleich Pinien harfen, die der Westwind schlägt;
Und diese Bäume sollen weit und breit
Befiedern des Massivs gezackten Firn
Und Vögel, Bienen, Bäche vor der Zeit
Dort die Dryaden träg mit Schlaf verwirrn.
Sieh, mitten in dem weit verschwiegnen Blauen
Will ich ein Haus aus Rosen dir erbauen,
Aus Flechtwerk meines Hirns, das stark sich regt,
Aus Dolden, Schellen, Sternen vom Zenit,
Aus allem, was der Gärtner *Einfall* hegt,

Who breeding flowers, will never breed the same:
And there shall be for thee all soft delight
That shadowy thought can win,
A bright torch, and a casement ope at night,
To let the warm Love in!

Der neue, nie die gleichen Stauden zieht.
Nimm alles, was mein Schattenspielgedicht
Für dich erbringt, in Kauf:
Ein Fenster tut sich nachts im Fackellicht
Der heißen Liebe auf.

ODE ON INDOLENCE

One morn before me were three figures seen,
With bowed necks, and joined hands, side-faced;
And one behind the other stepp'd serene,
In placid sandals, and in white robes graced;
They pass'd, like figures on a marble urn,
When shifted round to see the other side;
They came again; as when the urn once more
Is shifted round, the first seen shades return;
And they were strange to me, as may betide
With vases, to one deep in Phidian lore.

How is it, Shadows! that I knew ye not?
How came ye muffled in so hush a mask?
Was it a silent deep-disguised plot
To steal away, and leave without a task
My idle days? Ripe was the drowsy hour;
The blissful cloud of summer-indolence
Benumb'd my eyes; my pulse grew less and less;
Pain had no sting, and pleasure's wreath no flower:
O, why did ye not melt, and leave my sense
Unhaunted quite of all but – nothingness?

A third time pass'd they by, and, passing, turn'd
Each one the face a moment whiles to me;
Then faded, and to follow them I burn'd
And ach'd for wings, because I knew the three;
The first was a fair Maid, and Love her name;
The second was Ambition, pale of cheek,
And ever watchful with fatigued eye;
The last, whom I love more, the more of blame
Is heap'd upon her, maiden most unmeek, –
I knew to be my demon Poesy.

ODE AUF DIE LÄSSIGKEIT

Drei Wesen sah ich einst am Morgen ziehn,
  Nur im Profil, die Nacken schön gesenkt,
In heitrer Reihe schritten sie dahin,
  Sandalenleicht, mit Engelweiß behängt.
Bald schwanden sie wie marmorn figuriert
  Auf einem Krug, den man in Händen dreht,
    Und tauchten auf, als hätte schattenhaft
Ein neues Wenden sie herbeigeführt ...
  Mir warn sie fremd – wie's dem mit Krügen geht,
    Der ganz verlorn an Phidias' Meisterschaft.

Wie kams, daß ich euch, Schatten, nicht erkannt
  Und vor dem leisen Mummenschanz erschrak?
Wars, daß ihr im geheimen darauf sannt,
  Euch wegzustehlen, ohne mir den Tag
Hart auszufüllen? – Reif war diese Stunde,
  In einem Glanz von Sommerlässigkeit
    Verschwamm mein Aug, und meine Ader schlief,
Kein Stachel riß, kein Glück mir eine Wunde –
  O warum ließet ihr nicht meine Zeit
    So unverstört, wie sie ins Nichts verlief?

Die Angesichter flüchtig hergewandt,
  So strich der Spuk ein drittes Mal vorbei;
Ihn zu verfolgen, ächzte ich entbrannt
  Um Fittiche, denn ich erkannt die drei.
Die *Liebe* erst: ein Mädchen, zierlich hell,
  Die zweite war der *Ehrsucht* bleiches Bild:
    Ihr Aug, das brennend müde, schließt sich nie;
Die letzte, die ich desto höher stell,
  Je mehr man über ihren Hochmut schilt,
    Erschien mir als Dämonin *Poesie*.

The faded, and forsooth! I wanted wings:
O folly! What is love! and where is it?
And for that poor Ambition! it springs
From a man's little heart's short fever-fit;
For Poesy! – no, – she has not a joy, –
At least for me, – so sweet as drowsy noons,
And evenings steep'd in honied indolence;
O, for an age to shelter'd from annoy,
That I may never know how change the moons,
Or hear the voice of busy common-sense!

And once more came they by; – alas! wherefore?
My sleep had been embroider'd with dim dreams;
My soul had been a lawn besprinkled o'er
With flowers, and stirring shades, and baffled beams.
The morn was clouded, but no shower fell,
Tho' in her lids hung the sweet tears of May;
The open casement press'd a new-leav'd vine,
Let in the budding warmth and throstle's lay;
O Shadows! 'twas a time to bid farewell!
Upon your skirts had fallen no tears of mine.

So, ye three Ghosts, adieu! Ye cannot raise
My head cool-bedded in the flowery grass;
For I would not be dieted with praise,
A pet-lamb in a sentimental farce!
Fade softly from my eyes, and be once more
In masque-like figures on the dreamy urn;
Farewell! I yet have visions for the night,
And for the day faint visions there is store;
Vanish, ye Phantoms! from my idle spright,
Into the clouds, and never more return!

Sie schwanden – ach, um Schwingen bat ich noch?
O Torheit! Was ist Liebe! Wo zu Haus?
Und powrer Ehrgeiz, geht dein Fieber doch
Von jedermanns geringem Herzen aus!
Du Poesie! Wen hast du je belohnt –
Mich nicht! – wie eines Mittags goldne Rast,
Wie Abende in schöner Lässigkeit?
O einen Zeitlauf, von Verdruß verschont,
Daß unbemerkt mir Mond um Mond verblaßt,
Der Lärm verrauscht von Schweiß und Nüchternheit!

Und nochmals zogen sie vorbei – warum?
Mein Schlaf glitt traumbenetzt zu dunklem Ziel,
Die Seele, blumenübersprüht rundum,
War rasengrünes Licht- und Schattenspiel.
Fiel auch kein Regen dann am frühen Tag,
Sah ich von seiner Wimper Tränen wehn;
Ins Fenster hängte wilder Wein sein Haar,
Und Wärme strich herein und Drosselschlag;
O Schemen: Eine Zeit, um fortzugehn –
Es galt nicht euch, daß naß mein Auge war.

Lebt wohl, ihr drei, die ihr nicht heben könnt
Mein müßig Haupt, das kühl im Grase ruht:
Ich will kein Lob! Mir sei kein Part vergönnt
In einer Posse, die empfindsam tut!
Entflieht dem Blick, doch dreht euch noch einmal
Als Masken mit des Kruges Schmelz und Schein –
Fort, denn ich hüte Bilder für die Nacht
Und zarte für den Tag in Überzahl!
Verfliegt, Phantome, laßt mich außer acht,
Geht auf in Rauch und stellt euch nie mehr ein!

ODE ON MELANCHOLY

No, no, go not to Lethe, neither twist
   Wolf's-bane, tight-rooted, for its poisonous wine;
Nor suffer thy pale forehead to be kiss'd
   By nightshade, ruby grape of Proserpine;
Make not your rosary of yew-berries,
   Nor let the beetle, nor the death-moth be
      Your mournful Psyche, nor the downy owl
A partner in your sorrow's mysteries;
   For shade to shade will come too drowsily,
      And drown the wakeful anguish of the soul.

But when the melancholy fit shall fall
   Sudden from heaven like a weeping cloud,
That fosters the droop-headed flowers all,
   And hides the green hill in an April shroud;
Then glut thy sorrow on a morning rose,
   Or on the rainbow of the salt sand-wave,
      Or on the wealth of globed peonies;
Or if thy mistress some rich anger shows,
   Emprison her soft hand, and let her rave,
      And feel deep, deep upon her peerless eyes.

She dwells with Beauty – Beauty that must die;
   And Joy, whose hand is ever at his lips
Bidding adieu; and aching Pleasure nigh,
   Turning to Poison while the bee-mouth sips:
Ay, in the very temple of Delight
   Veil'd Melancholy has her sovran shrine,
      Though seen of none save him whose strenuous tongue
Can burst Joy's grape against his palate fine:
   His soul shall taste the sadness of her might,
      And be among her cloudy trophies hung.

ODE AUF DIE MELANCHOLIE

Nein, nein, geh nicht zum falben Lethefluß
Und saug kein Gift aus blauem Eisenhut!
Verweigre deine Stirn dem Schattenkuß
Proserpinas, schlürf nicht ihr Traubenblut!
Flicht keinen Eibenbeerenkranz sodann,
Und Totenfalter sind dir nicht geschickt
Als Götterbild! Wie du auch bebst und bangst:
Nimm von der Eule kein Geheimnis an!
Denn Schatten stürzt auf Schatten und erstickt
Allmächtig deiner Seele wache Angst.

Doch wenn Melancholie vom Himmel fährt:
Geballte Wolke, die sich jäh ergießt,
Den matten Flor mit wilden Schauern nährt,
Aprilne Höhn in graues Glas verschließt –
Dann stärk dich an des Morgens rotem Gold,
An Regenbögen über Salz und Sand,
An der Päonie reichbemeßnem Rund,
Und zeigt sichs, daß die Herrlichste dir grollt,
Nimm ihre Hand, laß sie so süß entbrannt
Und weide dich an ihrem Aug gesund.

Sie haust bei Schönheit – Schönheit muß dahin! –
Und Glück, das immerdar mit Hand und Mund
Zum Abschied grüßt und weiß seit Anbeginn,
Genuß wird Gift und ätzt die Lippen wund.
Ach, selbst im Inneren des Jubels blaut
Noch Schwermut, sinkt in Stein und Tempelgold –
Der weiß davon, der todeskühn den jähen,
Den Kern des Glücks am Gaumen sprengt und kaut:
Wild nimmt die Trauer seinen Geist in Sold
Und waffnet ihn mit düsteren Trophäen.

ODE ON A GRECIAN URN

Thou still unravish'd bride of quietness,
  Thou foster-child of silence and slow time,
Sylvan historian, who canst thus express
  A flowery tale more sweetly than our rhyme:
What leaf-fring'd legend haunts about thy shape
  Of deities or mortals, or of both,
    In Tempe or the dales of Arcady?
  What men or gods are these? What maidens loath?
What mad pursuit? What struggle to escape?
    What pipes and timbrels? What wild ecstasy?

Heard melodies are sweet, but those unheard
  Are sweeter; therefore, ye soft pipes, play on;
Not to the sensual ear, but, more endear'd,
  Pipe to the spirit ditties of no tone:
Fair youth, beneath the trees, thou canst not leave
  Thy song, nor ever can those trees be bare;
    Bold Lover, never, never canst thou kiss,
  Though winning near the goal – yet, do not grieve;
She cannot fade, though thou hast not thy bliss,
    For ever wilt thou love, and she be fair!

Ah, happy, happy boughs! that cannot shed
  Your leaves, nor ever bid the Spring adieu;
And, happy melodist, unwearied,
  For ever piping songs for ever new;
More happy love! more happy, happy love!
  For ever warm and still to be enjoy'd,
    For ever panting, and for ever young;
  All breathing human passion far above,
That leaves a heart high-sorrowful and cloy'd,
    A burning forehead, and a parching tongue.

ODE AUF EINE GRIECHISCHE URNE

Du unberührte Braut verfallner Ruh,
  Des Schweigens Kind, von sachter Zeit umringt,
Waldiger tiefer Mund, wie fabelst du
  Doch lieblicher, als es mein Vers vollbringt:
O was für Mythen, die das Rund umziehn
  Mit Himmlischen und Sterblichen zuhauf?
    Schwebt Tempe, schwebt Arkadien vorbei?
  Wer spürt die mördrisch stolzen Mädchen auf?
  Welch dröhnende Verfolgung, glühend Fliehn?
    Was schrillt und paukt? Welch helle Raserei?

Erlauschter Klang ist süß, noch Süßres sagt
  Der stumme: Linde Pfeifen, stimmet an!
Nicht für das grobe Ohr, nein, schöner schlagt
  Mit überstillem Spiel den Geist in Bann.
Gesang der Jugend, der im Wald sich bricht:
  Kein Blatt von diesen Bäumen holt der Wind.
    Du ungestüm Verliebter auf den Höhn:
  Dein Mund küßt in die Luft – doch gräm dich nicht;
Nie schwindet sie, obgleich sie dir entrinnt,
    Und immer liebst du, immer bleibt sie schön.

O glückliches Gezweig, so grün entbrannt:
  Dein Laub verwelkt nicht, denn das Frühjahr währt!
Wie endlos selig pfeift der Musikant!
  Sein stetes Spiel wird immer neu begehrt.
Noch glücklichere Liebe! Überglück!
  Für immer glühend, glühend nach Genuß,
    Für immer bebend und für immer jung,
  Nicht bitter wie der Atmenden Geschick,
Das Elend schafft und finstren Überdruß
    Und wiederkehrt mit Brand auf Stirn und Zung.

Who are these coming to the sacrifice?
To what green altar, O mysterious priest,
Lead'st thou that heifer lowing at the skies,
And all her silken flanks with garlands drest?
What little town by river or sea shore,
Or mountain-built with peaceful citadel,
Is emptied of its folk, this pious morn?
And, little town, thy streets for evermore
Will silent be; and not a soul to tell
Why thou art desolate, can e'er return.

O Attic shape! Fair attitude! with brede
Of marble men and maidens overwrought,
With forest branches and the trodden weed;
Thou, silent form, dost tease us out of thought
As doth eternity: Cold Pastoral!
When old age shall this generation waste,
Thou shalt remain, in midst of other woe
Than ours, a friend to man, to whom thou say'st,
»Beauty is truth, truth beauty«, – that is all
Ye know on earth, and all ye need to know.

Wer zieht bekränzt herbei und opfert hier?
  Der Blutstein grünt. O dunkle Priesterfaust!
Wie brüllt zum Himmel das geweihte Tier,
  Die Flanken seidig und sein Schmuck zerzaust!
Die Landstadt da, bei Strombett oder See,
  Von steiler Zitadelle überragt,
    Ist leer von diesen Frommen, diesem Glück.
  Du Städtchen, werden deine Steige je
Das Schweigen brechen? Niemand kommt und fragt,
    Weshalb du öd bist. Niemand kehrt zurück.

Attische Form! Du Werk nach edlem Maß
  Aus Männern, Mädchen, marmorn aufgereiht,
Aus Walddorn, Lorbeer und zerstampftem Gras:
  Verschwiegner Krug, o schöpf mir Ewigkeit!
Du Lied der Hirten, kühl und unverwandt!
  Verdirbt auch dies Geschlecht in kurzer Frist,
    Du hältst noch wildrem Schmerz als unserm stand,
  Freundin des Menschen, die beschwörend spricht:
  »Schönes ist wahr und Wahres schön – dies ist,
      Was ihr auf Erden wißt, mehr hilft euch nicht.«

ODE TO A NIGHTINGALE

My heart aches, and a drowsy numbness pains
My sense, as though of hemlock I had drunk,
Or emptied some dull opiate to the drains
One minute past, and Lethe-wards had sunk:
'Tis not through envy of thy happy lot,
But being too happy in thy happiness, –
That thou, light-wingèd Dryad of the trees,
in some melodious plot
Of beechen green, and shadows numberless,
Singest of summer in full-throated ease.

O for a draught of vintage! that hath been
Cool'd a long age in the deep-delved earth,
Tasting of Flora and the country green,
Dance, and Provençal song, and sunburnt mirth!
O for a beaker full of the warm South,
Full of the true, the blushful Hippocrene,
With beaded bubbles winking at the brim,
And purple-stainèd mouth;
That I might drink, and leave the world unseen,
And with thee fade away into the forest dim:

Fade far away, dissolve, and quite forget
What thou among the leaves hast never known,
The weariness, the fever, and the fret
Here, where men sit and hear each other groan;
Where palsy shakes a few, sad, last gray hairs,
Where youth grows pale, and spectre-thin, and dies;
Where but to think is to be full of sorrow
And leaden-eyed despairs;
Where Beauty cannot keep her lustrous eyes,
Or new Love pine at them beyond to-morrow.

ODE AN EINE NACHTIGALL

Mir brennt das Herz, mein Geist kämpft schlafbeschwert,
Als hätt mit Schierling ich den Durst betäubt,
Bis auf den Grund ein Opiat geleert
Und sänk an Lethes Rand kristallbestäubt.
Es ist nicht Neid auf deine Gegenwart,
Nur zuviel Glück hat mir dein Glück gezollt:
Dryade du, die Laub und Luft verschönt
Und mir melodisch zart
In Buchengrün, gehäuftem Schattengold
Aus edler Kehle diesen Sommer krönt.

O gebt mir Wein, der klaftertief versteckt
Gereift im Boden eines kühlen Hangs,
Nach grünem Geist, nach grünem Anger schmeckt
Und nach gebräunter, blendender Provence!
O einen Becher, drin der Süden schwankt,
Drin Hippokrene aufwallt, rot entbrannt,
Und der beschlägt mit frischem Perlenhauch,
Am Mund wie Purpur prangt:
Daß ich ihn leer und mit dir unerkannt
Die Welt verlaß und in die Waldflut tauch!

Ach, untertauchen und verwehn im Nichts,
Vergessen, was im Laub dich nie geplagt:
Angst, Fieber, Ekel, Schweiß des Angesichts
Hier, wo der Mensch palavert und wehklagt,
Der graue Schopf, erbärmlich dünn, sich neigt,
Wo Jugend bleich und geisterhaft verdirbt,
Wo Denken heißt: sich sorgen, nicht: sich wärmen,
Wo die Verzweiflung steigt,
Der Schönheit strahlend Augenlicht erstirbt
Und Lieb nicht lang vermag, sich drum zu härmen.

Away! away! for I will fly to thee,
   Not charioted by Bacchus and his pards,
But on the viewless wings of Poesy,
   Though the dull brain perplexes and retards:
Already with thee! tender is the night,
   And haply the Queen-Moon is on her throne,
      Cluster'd around by all her starry Fays;
         But here there is no light,
Save what from heaven is with the breezes blown
      Through verdurous glooms and winding mossy ways.

I cannot see what flowers are at my feet,
   Nor what soft incense hangs upon the boughs,
But, in embalmed darkness, guess each sweet
   Wherewith the seasonable month endows
The grass, the thicket, and the fruit-tree wild;
   White hawthorn, and the pastoral eglantine;
      Fast-fading violets cover'd up in leaves;
         And mid-May's eldest child,
   The coming musk-rose, full of dewy wine,
      The murmurous haunt of flies on summer eves.

Darkling I listen; and for many a time
   I have been half in love with easeful Death,
Call'd him soft names in many a mused rhyme,
   To take into the air my quiet breath;
Now more than ever seems it rich to die,
   To cease upon the midnight with no pain,
      While thou art pouring forth thy soul abroad
         In such an ecstasy!
   Still wouldst thou sing, and I have ears in vain –
      To thy high requiem become a sod.

Fort! Fort! Zu dir im Untergang des Lichts!
  Nicht hinterm Gott, der toll mit Panthern fegt:
Auf transparenten Schwingen des Gedichts,
  Hemmt auch der wirre Schädel unentwegt!
Und schon bei dir! Wie zärtlich ist die Nacht!
  O Luna, sichelblanke, in der Höh,
    Tanzlustig scharn die Sterne sich zum Zug –,
      Allein hier glimmt nur sacht
  Ein Schein vom Firmament, den eine Bö
    Wie Funkenflug durch grünes Dämmern trug.

Die Blumen mir zu Füßen seh ich nicht.
  Und welcher Weihrauch hängt sich ins Gereut?
Doch ahn die Süße ich auch ohne Sicht,
  Die schwelgerisch die Jahreszeit verstreut
In Gras und Dorn, um Früchte, warm und wild:
  Das Weiß von Schlehn, kein Staub verdunkelt sie,
    Jasmin und Veilchen, blätterüberdacht,
      Des Maien schönstes Bild:
  Die Moschusrose, tauig funkelt sie –
    Tanzplatz der Mücken in der Sommernacht.

Im Finstern lausche ich – ach, oftmals hab
  Ich halb begehrt, daß mich der Tod berühr,
Rief ihn mit zarten Namen aus dem Grab,
  Daß meinen Atem er ins Blau entführ.
Jetzt mehr denn je wünsch ich den Tod herbei,
  Ein Ende ohne nächtliche Beschwer,
    Jetzt, da sich deine Seele ganz verglüht
      In süßer Raserei!
  Du sängst noch fort – dem Tauben, der ich wär:
    Ein Klumpen Lehm vor deinem höchsten Lied.

Thou wast not born for death, immortal Bird!
No hungry generations tread thee down;
The voice I hear this passing night was heard
In ancient days by emperor and clown:
Perhaps the self-same song that found a path
Through the sad heart of Ruth, when, sick for home,
She stood in tears amid the alien corn;
The same that oft-times hath
Charm'd magic casements, opening on the foam
Of perilous seas, in faery lands forlorn.

Forlorn! the very word is like a bell
To toll me back from thee to my sole self!
Adieu! the fancy cannot cheat so well
As she is fam'd to do, deceiving elf.
Adieu! adieu! thy plaintive anthem fades
Past the near meadows, over the still stream,
Up the hill-side; and now 'tis buried deep
In the next valley-glades:
Was it a vision, or a waking dream?
Fled is that music: – Do I wake or sleep?

Unsterbliche! Du Vogel Ewigkeit!
  Nein, dich zertritt kein hungriges Geschlecht.
Ich höre deine Stimme in der Zeit,
  Wie sie den Kaiser anflog und den Knecht.
Vielleicht ist es das alte Lied, das Ruth
  Ins Herz drang, als sie ohne Heimat war
    Und Tränen ausgoß über fremdem Korn;
      Dies Lied, das oft mit Glut
  Auf Luken hexte Gischtflug und Gefahr
    Des Fabelmeers, im Fabelland verlorn.

Verloren! Wort wie pures Glockenerz!
  Sein Klang reißt mich von dir zu meinem Leid.
Adieu! Denn Phantasie betört das Herz,
  Lügt sie auch gut, nur eine kurze Zeit.
Adieu! Adieu! Dein Schluchzen löst sich rein
  Auf Auen, vor des Stromes stillem Gang,
    An Halden hin und ruht nun nach und nach
      Im hohlen Talgrund ein.
  Wars ein Gesicht – ein Spuk? Wie fehlt Gesang!
    Ich weiß nicht: Schlaf ich, schlaf ich – lieg ich wach?

TO AUTUMN

Season of mists and mellow fruitfulnes,
Close bosom-friend of the maturing sun;
Conspiring with him how to load and bless
With fruit the vines that round the thatch-eves run;
To bend with apples the moss'd cottage-trees,
And fill all fruit with ripeness to the core;
To swell the gourd, and plump the hazel shells
With a sweet kernel; to set budding more,
And still more, later flowers for the bees,
Until they think warm days will never cease,
For Summer has o'er-brimm'd their clammy cells.

Who hath not seen thee oft amid thy store?
Sometimes whoever seeks abroad may find
Thee sitting careless on a granary floor,
Thy hair soft-lifted by the winnowing wind;
Or on a half-reap'd furrow sound asleep,
Drows'd with the fume of poppies, while thy hook
Spares the next swath and all its twined flowers:
And sometimes like a gleaner thou dost keep
Steady thy laden head across a brook;
Or by a cyder-press, with patient look,
Thou watchest the last oozings hours by hours.

Where are the songs of Spring? Ay, where are they?
Think not of them, thou hast thy music too, –
While barred clouds bloom the soft-dying day,
And touch the stubble-plains with rosy hue;

AN DEN HERBST

Du Zeit voll Rauch und mildem Früchtefall,
Getreu im Bunde mit gekröntem Licht,
Belädst und segnest mächtig überall
Den Wein am Dach mit pfündigem Gewicht.
Du beugst die Apfelbäume vor dem Tor,
Füllst jede Frucht mit Saft bis an den Rand,
Du blähst den Kürbis, sprengst der Haselnuß
Gehäuse auf und spendest unverwandt
Den braunen Immenvölkern Flor um Flor –
Die süße Zeit kommt ihnen endlos vor:
Schon triefen Stock und Stand vom Überfluß.

Wer sah dich nicht ergötzt von deinem Tun?
Der durch das Freie streift, mag sein, er findt
Dich lässig auf gestampfter Tenne ruhn,
Das wilde Haar gesträubt vom Drescherwind;
Oft auch im Korn, vom Schlafe übermannt
Und mohnbetäubt, die Sichel blank am Fuß,
Bevor sie wieder Schwaden senst und häuft;
Jetzt watest du, beladnen Haupts, verbrannt
Wie Ährenleser, durch den lichten Fluß,
Und an der Kelter wachst du bis zum Schluß,
Wo Most gelinde Stund um Stunde träuft.

Wo sind des Frühlings Weisen hin, o sag?
Mit eigenen Musiken sei versöhnt!
Da nun entschwindet zirruszart der Tag
Und Rosenfarb die Stoppelfelder tönt,

Then in a wailful choir the small gnats mourn
Among the river sallows, borne aloft
Or sinking as the light wind lives or dies;
And full-grown lambs loud bleat from hilly bourn;
Hedge-crickets sing; and now with treble soft
The red-breast whistles from a garden-croft;
And gathering swallows twitter in the skies.

Wehklagen Mücken schwermutsvoll im Schwarm
An Furten, wo der Wind mit blauer Hand
Sie wirft und wiegt, bis ihn der Atem flieht;
Und von den Hügeln blöken laut und warm
Die Lämmer, Grillen zirpen, im Diskant
Die Rotbrust fistelt aus dem Gartenland –
Und Schwalben scharn sich zwitschernd im Zenit.

NACHWORT

Die warme Hand, die noch voll Leben ist
Und zupackt mit Begier, die würde dich,
Läg sie erstarrt in eisig stummer Gruft,
So jagen tags und so durchkälten nachts,
Daß du dein eigen Herzblut gäbst für sie,
Damit es rot durch meine Adern rausch,
Und dir wär wieder leicht zumut – hier, schau:
Ich halte sie dir hin!

Als er dieses Gedicht zustandebringt, hat die Tuberkulose vom Kehlkopf auf die Lunge übergegriffen. Halb ist ihm klar, daß es sein letztes Gedicht ist, halb glaubt er noch an ein Feuer unter der Asche. Er fängt an, die vier Pfosten seines Bettes zu hassen, in dem er zwei Monate auf dem Rücken zubringt. Der Winter ist naß, kalt, mild, wieder kalt. Er liegt in seinem von Nebeln belagerten Winterbett.

Im Frühjahr aber sieht es fast gut aus, denn er schleppt sich in eine Galerie; er zieht zu Hunt hinaus, der ihm zwei Zimmer von seiner Wohnung eingeräumt hat. Er mischt sich auch unter die teetrinkende Gesellschaft, wo es zugeht wie in einem Baum voller Spatzen. Sitzt da, sagt kein Wort.

Mrs. Gisborne schreibt hinterher an Shelley:

Wie der Tod sieht er aus.

Was ist das für ein Sommer, in dem er friert und schwitzt, der Boden unter den Füßen nachgibt und er selbst mit ausgestreckter Hand keine greifbaren Dinge erreicht? Dieser sterbenswütige Ton in der Luft. Er bedroht die Schreie, die sich in seiner verseuchten Luftröhre ballen. Und wie nur soll er es sich erklären, daß es Fanny ist, die mit einer Hand seinen Kopf stützt und mit der anderen die langsam sich mit Blut füllende Schale hält?

Fanny hatte er so geliebt, daß er sie zeitweise nicht mehr sehen wollte, weil er ihren Anblick nicht aushielt. Dreifache Qual, *so* dazuliegen vor einem kerngesunden Mädchen!

Er dreht sich zur Wand.

Alle reden sie zu ihm von Italien, da redet er leise mit. Da gibt er seine Einwilligung für den kleinen Zweimaster ›Maria Crowther‹. Da schreibt er mit der wilden Anstrengung eines Kindes kühlhöflich Buchstaben des Dankes an den fernen, ihm so überlegenen Stern Shelley.

Ich hoffe, Sie bald zu sehen.

Die Überfahrt dauert vierunddreißig Tage, und im Hafen von Neapel werden sie noch einmal zehn Tage in Quarantäne gehalten.

Es ist wie ein Traum. Jeder, der ein Boot rudern oder gehen und reden kann, scheint plötzlich von mir verschieden zu sein.

Ein englischer Bankier aus der Stadt sendet ihm täglich Früchte und Herbstblumen an Bord. Aber er gäbe alles, sagt er, für einen einzigen Heiderosenstrauch.

Severn.

So nennt sich jetzt die halbwegs helle Seite seines Schicksals. Severn, nicht Fanny. Diese trocknen leichten Malerhände sorgen für ihn Tag und Nacht. Ohne Severn hätte er die Überfahrt wohl nicht überstanden. Ohne ihn wäre er nicht bis Rom gekommen. Tatsächlich, ist es Rom? Er hört das Klatschen nackter Sohlen auf der Spanischen Treppe. Wenn er die Augen öffnet, ist sein Zimmer voll blauer Farbe.

Severn hilft ihm in die Schuhe. Ganz allein, Schritt für Schritt, steigt er auf den Pincio. Er tritt auf Piniennadeln. Durch die Zweige sieht er mehrere der sieben in hellem Dunst liegenden Höhen. Er lacht. Die Pinien sind Hexen, die den einzigen Balsam zu brauen verstehen, der ihm hilft. Aber das Fieber ist heftig, seine Zähne schlagen aufeinander.

Und saumäßig ist das Essen, das sich die beiden Engländer aus der nächsten Trattoria für viel Geld heraufbringen lassen. Severn weint vor Wut. Da muß er das Kreuz steifmachen, die Schüsseln nehmen und sie vor den Augen des Kellners in die Gosse ausleeren.

Gleich wird das Essen vorzüglich.

Happy is England!

Doch was hat *er* davon, wenn sich das Blut im Mund sammelt und Dr. Clark ihm eine Hungerdiät verschreibt?

Severn, Severn! Ich fühle schon, *wie Veilchen über mir wachsen werden.* Erzähl mir doch, wo mein Grab liegen wird. Nein, laß mich raten. An einer Pyramide, nicht wahr?

Ah! Halt aus, Severn, sei tapfer. Und spiel mir, solange der römische Winter dauert, auf unserm Fortepiano diesen Haydn vor. Aber hämmere vorsichtig, Saiten reißen leicht.

Ich, ich werde sterben, Severn, ohne weiteres. Keine Angst!

Dann blättert er angestrengt, mit kalter, starrer Hand in seinem frischgedruckten Gedichtbuch, von dem er geglaubt hatte, er würde das Erscheinen nicht mehr erleben.

War es nicht eine Tollheit, anzunehmen, die Welt ließe sich reimen? Ja. Wahrscheinlich. Nun muß es ungereimt, ganz prosamäßig, heißen:

Hier liegt einer, dessen Name ...

Ja, ich trete an euch ab, was mich bitter wundert.

Als der englische Dichter John Keats am 24. Februar 1821 in Rom einen schweren Tod starb, war er fünfundzwanzig Jahre alt. Nur sehr wenige trauerten um ihn, denn bloß sehr wenige hatten ihn gekannt. Doch selbst von seinen verständnisvollsten, anhänglichsten, auf ihn stolzen Freunden und von seinen ersten enthusiastischen Lesern und Leserinnen ahnte niemand die Größe des Verlustes, den die englische Lyrik durch den Tod des jungen Dichters erlitt. Erst Tennyson und sein Oxforder Kreis machten der Öffentlichkeit die wahre Bedeutung des Toten halbwegs bewußt. Heute wagt niemand mehr in der englischsprechenden Welt, Keats den Rang eines Genies vorzuenthalten. Im Land seiner Herkunft wird er als der größte Lyriker seit Milton verehrt.

Daß es John Keats im Lauf der Zeit gelang, seine romantischen Vorläufer und Gefährten – die Wordsworth, Coleridge, Byron und Shelley – gleichsam hinter sich zu lassen, beruht vor allem auf dem ausgewogenen und geschlossenen Bau, der reinen Fügung seiner Verse. Eine edle, streng durchgehaltene Form, die sich auf Sonett und Ode gründet, hat das Glühen und Verzweifeln des Dichters in sich aufgenommen. Wieder einmal erweist es sich, daß ein Werk um so mehr über die Zeit triumphiert, je weniger es den literarischen Ansichten und Gepflogenheiten seiner Epoche verdankt.

In seinen reifsten Gedichten hat Keats kaum noch etwas mit der Romantik gemein. Im Gegenteil, sie beurkunden aufs nachdrücklichste, daß er auf die Seite der ›Klassiker‹ gehört, daß ihm – in Schillers unverwüstlichen Kategorien gedacht – eher ein Platz unter den ›naiven‹ als unter den ›sentimentalischen‹ Dichtern gebührt.

Seine Gedichte sind frei von Abstraktionen, dafür mit Anschauung, Lebenswärme gesättigt. Gedankliches, selbst schwierige Reflexionen versteht Keats außerordentlich gut zu ›verkörpern‹. Unter den Händen wird dem jungen Engländer alles zu Natur: zu blühender, atmender Leibhaftigkeit. So vollständig löst sich menschlicher Binnenraum in Bild und Laut auf, daß wir innerste Regungen wahrzunehmen meinen: als einen Schmelz des Lichts. Die Lindigkeit eines Schattens. Als rasches Pulsieren unter warmer Mädchenhaut.

Zu der Klarheit und Plastizität des Ausdrucks tritt eine melodische Anmut hinzu, die jedes der dichten, fast gedrungenen Gebilde aufhebt und zu mühelosem Schweben bringt.

Aber Keats war auch einer der ersten, dem die Poesie – in jenem radikalen, modernen Sinn – ›fragwürdig‹ erschien. Von ihm stammt der Begriff der »negative capability«. Zum einen machte er mit ihm Front gegen die banal-romantische Polarisierung von *Schönheit* und *Häßlichkeit*, gegen eine Vereinfachung von *Gutem* und *Bösem*. Zum andern wollte er mit seinem Begriff verdeutlichen, daß der wahre Dichter im Gedicht keinerlei Spuren seiner (ureigenen) Individualität hinterlasse, auch nicht hinterlassen dürfe. Wie Shakespeare müsse er die Fähigkeit besitzen, mit seinem poetischen Talent, seiner künstlerischen Leidenschaft ebenso in »einem Jago wie in einer Imogen« aufgehen zu können. Immer stärker wandte sich auch Keats' dichterische Passion dem *Leiden* zu. Konnte man das ›Prinzip des Schönen‹ dem Leiden in der Welt entgegensetzen?

Wer so fragte, mußte es verneinen.

Wie aber kann man leben, ohne zu atmen? Verse waren Atemzüge in einer Welt, die zum Ersticken war.

Das Leben des jungen Keats zeugte – in Platons Begriffen – von dämonischer Besessenheit. Er war der Sohn eines Mietkutschenbesitzers, gab früh sein medizinisches Studium auf und widmete sich, von einem schmalen Erbe zehrend und von seinen anhänglichen Freunden unterstützt, nur noch seiner Dichtkunst – hingerissen, glühend, wie man es von einem romantischen Jüngling erwartet; aber auch ausdauernd, rücksichtslos, streng und »wissenschaftlich« genau, als gehöre er zu den fanatischen Artisten, die erst ein halbes Jahrhundert später auftauchen sollten. Mitunter schrieb er »acht Stunden täglich«, einmal »tausend Verse in drei Wochen«.

Den künstlerischen Strapazen war sein nicht sehr widerstandsfähiger Körper am Ende kaum noch gewachsen. Zeitweilig konnte Keats Verse nicht einmal mehr lesen, wie ein Stromschlag traf ihn jedes poetische Wort: Er geriet außer sich.

Alles, was seine dichterische Hinterlassenschaft ausmacht, schrieb er in einer Frist von vier Jahren nieder. Er brachte drei

Versbände heraus, die mancherorts bei der literarischen Kritik wenig Anklang fanden, von Gegnern und Neidern sogar gehässig abgeurteilt wurden. Die Enttäuschungen über die geringe öffentliche Wirkung verletzte einen so integeren, rechtlich denkenden, ja von Gerechtigkeit durchdrungenen Menschen wie ihn hart. Gegen Ende seines Lebens schien die Liebe zu der anmutig schönen, geistig und literarisch aufgeschlossenen und – trotz ihrer kaum zwanzig Jahre – schon erstaunlich sicher urteilenden Fanny Brawne dem beruflichen Mißerfolg den Stachel zu nehmen. Keats liebte Fanny leidenschaftlich – obwohl ihm die Aussichtslosigkeit dieser Passion immer bewußter wurde und oft tiefste Verzweiflung zur Folge hatte:

»Am liebsten möcht ich entweder ganz ruhig und sicher in Deinen Armen liegen oder auf der Stelle vom Blitz erschlagen werden!«

Aber seine Todesahnungen vermochte Fanny nicht ständig von ihm fernzuhalten. Als die Tuberkulose immer quälender wurde, suchte Keats – auf Einladung Shelleys hin, die jener offenbar gleich darauf wieder vergaß – im Süden Heilung.

Aber schon drei Monate nach seiner Ankunft in Rom mußte man für ihn die sogenannte letzte Ruhestätte ausschaufeln und ihre Wände säuberlich glätten. Keats liegt auf dem Protestantischen Friedhof begraben, neben der Cestius-Pyramide. Der Spruch auf seinem Grabstein stammt von ihm:

Here lies One
Whose Name was writ in Water.

Obgleich Dichter wie Hofmannsthal, Borchardt und Rilke, poetische Übersetzer wie Georg von der Vring, Max Mell, Alexander von Bernus, Hans Hennecke und Heinz Politzer oder Anglisten von Rang wie Wolfgang Clemen und Helmut

Viebrock für John Keats und sein Werk geworben haben, ist er hierzulande noch immer nicht recht heimisch geworden.

Zwischen 1956 und 1959 habe ich selber versucht, eine größere Auswahl von Keats-Gedichten zu übersetzen, vor allem seine Sonette und seine sämtlichen Oden. Ich hielt mich eng an das Metrum, das Reimschema, an Vers- und Strophenbau, an Klangstrukturen und rhythmische Gliederungen. Doch meine Übertragungen wollten in erster Linie poetische Ent-sprechungen, das heißt, *Gedichte in deutscher Sprache* sein. Hinter der Sprache standen ein Bewußtsein und ein Ausdruckswille *dieser* Zeit. Damit wurde die Frage nach altertümelnder Nachahmung oder vorsichtiger Modernisierung gegenstandslos.

Da ich von meiner eigenen Lyrik gewöhnt war, Gedichte als etwas anzusehen, das man wohl beenden kann, brachte mich die prinzipielle Nichtabschließbarkeit von Gedichtübertragungen an den Rand fast gänzlicher Schlaflosigkeit. Tag und Nacht prüfte ich Worte, Reime, die meinen Übersetzungen mehr und mehr Richtigkeit, Genauigkeit, Schönheit verleihen sollten. Ich verbesserte und hörte nicht auf zu verbessern. Hätte ich nicht eines Abends die Mappe zugeklappt und sie anderntags einem Verlag geschickt – ich weiß nicht, wohin ich schließlich noch gekommen wäre.

München, 31. Oktober 1995 H. P.

Die Gedichte wurden nach der Ausgabe von H. W. Garrod in der University Press, Oxford 1959, übertragen.
Seit dem erstmaligen Erscheinen meiner Übertragungen von Keats-Gedichten ins Deutsche (1960) haben sie bis heute sechs Neuausgaben mit mehreren Auflagen erlebt. (Gesamtauflage: 37.-40. Tausend.) Sie alle wurden vor ihrer Auslieferung stets revidiert. Dabei ist der deutsche Wortlaut der Gedichte an solchen Stellen, wo es dem Übersetzer (aus zeitlich neuer Perspektive) nötig erschien, durch genauere oder angemessenere lyrische Entsprechungen verbessert, d. h. für den englischen Urtext möglichst noch durchscheinender gemacht worden.
Dies gilt auch für die Übertragungen in vorliegender Ausgabe.

HEINZ PIONTEK, DER ÜBERSETZER

Daß Heinz Piontek die Lyrikleser hierzulande mit den Gedichten von John Keats (1795-1821), einem der Größten der englischen Lyrik, durch seine unübertroffenen, nach zwei Jahrzehnten schon als »klassisch« anerkannten Übertragungen vertraut gemacht hat, schlug sich nicht nur in den Auflagen des deutschen Keats-Bandes nieder, sondern wurde auch als sehr verdienstvolle poetische Übersetzungsleistung gewürdigt.

Doch bloß wenige Lyrikkenner sind darüber informiert, daß Heinz Piontek sich auch weiterhin mit lyrisch-übersetzerischer Pionierarbeit, vor allem innerhalb der englischen Dichtung, hervortat. So verdeutschte er etwa eine beträchtliche Anzahl der schwierigen lyrischen Gebilde von Gerard Manley Hopkins (1844-1889), einem bei uns erst neuerdings wiederentdeckten Vorläufer der englischen Moderne.

Ebenfalls arbeitete Piontek an der großen zweisprachigen Ausgabe des irischen Dichters William Butler Yeats (1865-1939) mit, eines schulebildenden Lyrikers von Weltrang, wobei ihm der Herausgeber der Ausgabe, Werner Vordtriede, einige Glanzstücke von Yeats zur Übertragung anvertraute.

Außerdem hat Heinz Piontek eine Reihe bedeutender bis weltberühmter zeitgenössischer Gedichte aus dem angloamerikanischen Sprachbereich – von W.H. Auden und Stanley Kunitz über Robert Lowell und Ted Hughes bis zu noch Jüngeren wie Sidney Keyes oder Kingsley Amis – in ent-sprechende deutsche Gedichte »verwandelt«. Last, not least: Aus dem schönsten Gedicht von Dylan Thomas, *Fern Hill*, wurde ein übersetzerisches Meisterstück ...

NEUE DEUTSCHE HEFTE, Berlin

INHALT

GEDICHTE

SONETTE

ODEN